Silvio Pellico

Poesie liriche

© 2023 Culturea Editions

Texte et illustration de couverture : © domaine public
Edition : Culturea (Hérault, 34)
Contact : infos@culturea.fr
Retrouvez notre catalogue sur http://culturea.fr
Imprimé en Allemagne par Books on Demand
Design typographique : Derek Murphy
Layout : Reedsy (https://reedsy.com/)

Dépôt légal : janvier 2023
Tous droits réservés pour tous pays

ISBN : 9791041846030

LA MIA GIOVENTÙ.

Cor mundum crea in me, Deus.

(PS. 50.)

Lamento sui fuggiti anni primieri,

Che fecondi di speme Iddio mi dava,

E di ricchi d'amore alti pensieri!

Tra giubili ed affanni io m'agitava,

Ed incessanti studi, e bramosia

Di sollevarmi dalla turba ignava;

E spesso dentro al cor parola udìa

Che diceami dell'uom sublimi cose,

Tali che d'esser uomo insuperbìa.

Pupille aver credea sì generose

Il mio intelletto, che dovesser tutte

Schiudersi a lui le verità nascose;

E di ragion nelle più forti lutte

Io mi scagliava indomito; sognante

Che sempre indagin lumi eccelsi frutte.

Quella vita arditissima ed amante

Di scienza e di gloria e di giustizia

Alzarmi imprometteva a gioie sante.

Nè sol fremeva dell'altrui nequizia,

Ma quando reo me stesso io discopriva,

L'ore mi s'avvolgean d'onta e mestizia.

Poi dal perturbamento io risaliva

A proposti elevati ed a preghiere,

Me concitando a carità più viva.

Perocchè m'avvedea ch'uom possedere

Stima non può di se medesmo e pace,

S'ei non calca del Bel le vie sincere.

Ma allor che fulger più parea la face

Di mia virtù, vi si mescea repente

D'innato orgoglio il luccicar fallace.

E allor Dio si scostava da mia mente,

E a gravi rischi mi traea baldanza,

Ed infelice er'io novellamente.

Se così vissi in lunga titubanza,

Ond'or vergogno, ah! tu pur sai, mio Dio,

Che tremenda cingeami ostil possanza!

Sfavillante d'ingegno il secol mio,

Ma da irreligiose ire insanito,

Parlava audace, ed ascoltaval'io.

E perocchè tra' suoi sofismi ordito

Pur tralucea qualche pregevol lampo,

Spesso da quelli io mi sentìa irretito.

Egli imprecando ogni maligno inciampo

Sciogliea della ragion laudi stupende,

Ma insiem menava di bestemmie vampo.

Ed io, come colui che intento pende

Da labbra eloquentissime e divine,

E ogni lor detto all'alma gli s'apprende;

Meditando del secol le dottrine,

Inclinava i miei sensi alcuna volta

Di servil riverenza entro il confine.

Tardi vid'io ch'a indegne colpe avvolta

Era sua sapïenza, e vidi tardi

Ch'ei debaccava per superbia stolta.

Trasvolaron frattanto i dì gagliardi

Della mia giovinezza, e sovra mille

Splendide larve io posto avea gli sguardi;

E nulla oprai che d'alta luce brille!

E si sprecar fra inani desideri

Dell'alma mia bollente le faville!

Lamento sui fuggiti anni primieri

Che d'eccelse speranze ebbi fecondi,

E di ricchi d'amore alti pensieri!

Ma sien grazie al Signor che, ne' profondi

Delirii miei, pur non sorrisi io mai

Agl'inimici suoi più furibondi:

Sempre attraverso tutte nebbie, i rai

Del Vangel mi venian racconsolando;

Sempre la Croce occultamente amai.

Ed il maggior mio gaudio era allorquando

In una chiesa io stava, i dì beati

Di mia credente infanzia rammentando:

Que' dì pieni di fede, in che insegnati

Dal caro mi venian labbro materno

I portenti onde al ciel siamo appellati!

Di nuovo fean di me poscia governo

La incostanza, gli esempi, ed il timore

Dell'altrui vile e tracotante scherno;

E l'ira tua mertai per tanto errore:

Ma gl'indelebili anni che passaro

Ritesser non m'è dato, o mio Signore!

Presentarti non posso altro riparo

Che duolo e preci e fè nel divo sangue,

Di cui non fosti sulla terra avaro

Per chiunque a' tuoi piè pentito langue.

I PARENTI.

Deus enim honoravit patrem in filiis.

(ECCLI. c. 3, v. 3.)

Inno di gratitudine e d'amore

Al Creator de' nostri cuori amanti,

Di tutte meraviglie al Creatore!

Dacchè pel fallo prisco doloranti

Alla luce veniam, qual dolce aïta

Nè' genitori è data a' nostri pianti!

In ogni coppia umana, onde la vita

D'altri umani si svolge, ecco una diva

Pe' figliuoletti carità infinita.

Vedi la vergin titubante e priva

D'ogni ardimento, simile a cervetta

Che intorno guata, e de' perigli è schiva.

Chi nella fievol, timida animetta

Opra mutazïone inaspettata,

Quand'è fra il coro delle madri eletta?

Di progenie d'Adamo al ciel chiamata,

Grave è il sen della dianzi paventosa,

E il pondo regge da dolor cruciata.

Ed il porta con forza generosa!

E dopo un figlio compro a tanto prezzo

D'orrende angosce, altri portar pur osa!

Oh di strazii mirabile disprezzo

In creatura sì gentil, che solo

Parea nata de' fiori al molle olezzo,

Onde bëasse a lei d'intorno il suolo

E le dolci aure col suo bel sorriso,

E morisse alla prima ombra di duolo

Per destarsi felice in Paradiso!

***

Vedi la donna col suo piccol nato,

Che suggendole il seno a lei sorride

Sebben abbiale tanto egli costato,

La madre da lui mai non si divide.

Insazïata il guarda, insazïato

È il provveder ch'ei non s'affanni e gride:

Animo lieto o da timore oppresso

Nella veglia o nel sonno ha ognor per esso.

Lo sposo benchè a lei caro cotanto,

È più caro perch'ei pur ride al figlio;

Sovente, favellando a lei d'accanto,

S'avvede ch'ella e core e mente e ciglio

Tien sovra il pargol con sì forte incanto,

Che non ha udito il marital consiglio:

Allora ei tace e mira, e con dolcezza

Il lattante e la madre egli accarezza.

Oh tristo il giorno, oh trista l'ora, quando

Giace nella sua cuna egro il bambino,

E la giovine madre sospirando

Ad ogn'istante riede a lui vicino,

E invan teneri detti prodigando

Tien sulle amate labbra il petto chino,

Ma l'offerta mammella ei bacia appena,

E non la sugge, ed a vagir si sfrena!

Oh con qual lutto miserando allora

La spaventata si rivolge a Dio!

Oh come al dubbio che il figliuol le mora

Trema se in lei fu reo qualche desìo,

E perdono dimanda, e s'infervora,

Promettendo al Signor viver più pio!

I soli Angioli ponno anzi all'Eterno

Sì ardente prego alzar, qual è il materno.

Giorno di liete voci, ora felice,

Quando seman del pargolo i vagiti!

Quand'ei cerca la dolce genitrice

Con isguardi dal riso ingentiliti!

Quand'ei di novo il caro latte elice,

E scherzoso riprende i suoi garriti!

Tai porge allor la madre inni d'amore,

Quai mandar può de' Serafini il core!

Ov'alti rischi fervono,

Vieppiù la madre ardita

Pel frutto di sue viscere

Pronta è a donar la vita.

Ella, se fera scoppïa

Divoratrice vampa,

Verso la cuna avventasi,

E il pargoletto scampa.

Se il picciol piede illusero

Di cupo rio le sponde,

La madre piomba rapida,

E il tragge, o muor nell'onde.

Ella, se il figlio palpita

Tra infetto aere tremendo,

Tenta i suoi dì redimere,

Le piaghe a lui lambendo.

Se patria e tetto invadono

Empie, omicide squadre,

Stringe i suoi figli, e impavida

Pugna per lor la madre.

***

Tal è la nobil donna ingigantita

Dalla materna celestial possanza,

Che a tutte generose opre la invita.

Ma un sacrifizio v'è che ogni altro avanza,

Ed è in lei quell'assidua ed operosa

Sulla cara progenie vigilanza.

Alma di buona madre più non posa

Finchè non ha ne' figli suoi destata

Di virtù la favilla glorïosa.

Nè puote alma di figlio esser pacata

Fra inique gioie, se ha una madre anco

Che i vestigi di lui tremando guata,

E occultamente prega, e s'addolora.

***

Negli anni primieri

Del forte maschietto,

V'è mente selvaggia,

V'è indocile affetto;

Par ch'indi s'annunci

Futur masnadier.

La picciola belva

Se alcun la minaccia,

Vieppiù baldanzosa

Innalza la faccia;

Di colpi, di rischi

Non prende pensier.

Qual è quello sguardo,

Qual è quella voce

Che frena l'audacia

Del picciol feroce,

Incanto sì dolce

La donna sol ha.

Ed ella ripete,

Ripete l'incanto,

Frammesce sorriso,

Disdegno, compianto,

E amore gl'infonde,

Gl'infonde pietà.

Non bada la saggia

Se petti inumani

Diran che a domarlo

Suoi studi son vani;

In cor d'una madre

Speranza non muor.

E quei che parea

Futur masnadiero,

S'infiamma del bello,

S'infiamma del vero,

Divien della patria

Gentile decor.

. . . .

LE PASSIONI.

Gustate et videte quoniam suavis est Dominus.

(PS. 39, 9.)

Dov'è mia gioventù? Dove i bëati

Anni d'amor, del Rodano appo l'onde?

Dove il ritorno a' miei dolci penati,

E mia stanza alle Insùbri aure gioconde?

Dove in Milano i glorïosi vati

Che mi cingean dell'apollinea fronde?

Dove mia gloria alle applaudite scene?

E poi dove il decennio infra catene?

Io di carcere usciva egro, e piangendo

Il mio buon Federico e gli altri cari,

Cui dato ancor da quel recinto orrendo

Rieder non era ai desïati lari:

Poscia esultava, Italia rivedendo,

Ed alfin temperando i giorni amari

Fra gli amplessi de' mei sacri canuti,

Per me sì lungamente in duol vissuti.

E omai da un lustro tutto ciò trascorse!

E nuovi plausi a me la patria diede,

E di nuovi Aristarchi ira mi morse,

E di nuovi propizi ebbe la fede,

E nuova infanzia a me d'intorno sorse,

E di morte vid'io novelle prede,

E "Vana cosa è questo mondo!" esclamo,

E separarmen voglio - ed ancor l'amo!

L'amo perch'alme vi trovai fraterne,

Che all'alma mia s'avvinser dolcemente,

E diviser mie gioie, e nell'alterne

Pene collacrimàr sinceramente:

E v'ha tali amistà che fièno eterne,

Benchè tessute in questa ombra fuggente,

Benchè tessute ov'ogni nobil core

S'apre appena a virtù, lampeggia e muore.

Degg'io, poss'io da tutte cose amate

Divellere una volta il mio pensiero?

Io, le cui sorti furono esaltate

Da tanto lutto e tanto gaudio vero!

Io, le cui rimembranze innamorate

Han su mia fantasia cotanto impero!

Io, cui balzar fa sin talora il petto

Vista di leve, inanimato oggetto!

Reduce a lidi miei, dopo che giacqui

Sepolto vivo per sì cupe notti,

Agli affetti più teneri compiacqui

Che la sventura non avea interrotti;

Nè agli estinti carissimi pur tacqui

Culto di preci e di sospir dirotti;

Indi a rivisitar presi le antiche

Pagine ch'ebbi a dolce veglia amiche.

E sovente su libri polverosi

La man vo riponendo tremebonda,

Ed apro, e parmi a' giorni studïosi

Tornar di giovinezza, e il pianto gronda!

E trovo i segni che ne' libri io posi,

Ove con mente mi fermai profonda,

Ove ad alti pensier d'amato autore

Commento fei di verità o d'errore.

Pur con sensi diversi or vi rimiro;

O libri tanto amati a' dì primieri:

Vate son io, ma spento è in me il desiro

Di prostrarmi idolatra anzi agli Omeri.

Se volgendo lor carte ancor sospiro,

Magia non è de' grandi lor pensieri:

Più d'un libro m'è caro, e pure in esso

Di rado cerco lui; cerco me stesso.

E non sol me vi cerco: alla memoria

Del me passato aggiugnesi indivisa

Di palpiti d'amor söave istoria,

Quando un'egregia m'infiammava in guisa,

Ch'io per lei sola ambìa pietate e gloria,

Ch'io sempre in lei tenea l'anima fisa,

Che d'un sorriso suo per farmi degno,

Sempre agognava ingentilir lo ingegno!

E se pio talor fui, pregio egli è stato

Di quella generosa animatrice:

Era ad essa straniero il forsennato

Foco d'amor che mi rendea infelice;

Ma compatìa mie pene, ed elevato

Volea il mio spirto, e lo volea felice,

Ed allòr che più insano io le parea,

S'affannava, e garrivami, e piangea.

Quella donna, onde il bel, nobile viso

Polvere è da molt'anni, e l'alma in Dio,

Non disamai, benchè da lei diviso,

E onorerolla tutto il viver mio:

Ma nuovi poscia affetti han me conquiso,

E quel primiero ardor s'intiepidìo:

Quel ch'era in me un incendio, è una favilla

Che come lampa ad un sepolcro brilla.

Senza obblïar la già cotanto amata,

Altra ammirai ch'or dispartita è anch'essa;

E in me virtù credendo io sublimata

Per averla a sì bello angiol commessa,

L'anima mia da orgoglio inebbrïata

Vana si fea di lungo ben promessa:

Giorni d'alto dolor mi mosser guerra,

E a lei pur venni tolto, ed è sotterra!

Sete d'amor, sete di studi, e sete

D'innalzar sopra il volgo il nome mio,

Gran tempo mi rapìan sonno e quiete,

Nè scerno se ammendato oggi son io:

Tu che del cor le latebre secrete

Solo ravvisi e mondar puoi, gran Dio,

Pietà di me che tanto sempre amai,

E sino a te l'amor non sollevai!

Tante cose sfumarono al mio sguardo,

E tutto giorno sfumar altre io miro!

Valga d'esperïenza il raggio tardo,

In che sforzatamente oggi m'aggiro,

Ad oprar alfin sì che più gagliardo

A tua bellezza s'erga il mio desiro,

E nulla tanto da' mortali io brami,

Quanto ch'ognun tuoi pregi scorga ed ami!

La legge tua non è d'irto rigore,

Sol le idolatre passïoni abborri:

Lunge che a te dispaccia amante cuore,

Ad un cuor fatto gel più non accorri.

Tu vuoi che a' miei fratelli io con ardore

Così soccorra, come a me soccorri:

Tu vuoi che in forte guisa il bello io senta,

Tu vuoi che al giusto il plauso mio consenta.

Tu doni a' figli tuoi mente e parola,

Non perchè il dono tuo venga sepolto;

Tu non imprechi investigante scuola

Su non vietato ver fra l'ombre avvolto:

In odio a te l'indagin empia è sola

Che contra il cenno tuo l'ardire ha volto:

Tu gl'ignari del mal chiami felici,

Ma il veggente non reo pur benedici.

Tu che sei tutto amor, la sacra stampa

Della natura tua nell'uomo imprimi:

Gagliardo sprone e inestinguibil lampa

Tu sei di tutti aneliti sublimi.

Tu godi quindi se il mio spirto avvampa

Per que' tuoi fidi che in virtù son primi:

Tu godi se fra lor taluni eleggo,

E nel lor santo oprar meglio ti veggo.

A me tu dato hai queste fiamme ardenti,

Con cui desìo de' petti amici il bene,

E con cui studïando i tuoi portenti

Traggo esultanza, e di capirti ho spene:

Così caldo sentir più non diventi

Esca giammai di vanità terrene:

Mie passïoni in guisa tal governa,

Che lode sièno a tua saggezza eterna.

Sempre le temo, e sempre sento ancora

Che in amar altre cose io troppo m'amo:

Cieca errò mia bollente alma sinora,

E presa fu di sua superbia all'amo.

Distruggi il suo sentire, o lei migliora;

O vil torpore, od amor santo io bramo;

Ah no, non vil torpor, dammi amor santo,

Tu che le tue fatture ami cotanto!

SALUZZO.

Et sit splendor Domini Dei nostri super nos.

(PS. 89, 17.)

Oh di Saluzzo antiche, amate mura!

Oh città, dove a riso apersi io prima

Il coro e a lutto e a speme ed a paura!

Oh dolci colli! Oh maëstosa cima

Del monte Viso, cui da lunge ammira

La subalpina, immensa valle opima!

Oh come nuovamente or su te gira

Lieti sguardi, Saluzzo, il ciglio mio,

E sacri affetti l'aër tuo m'ispira!

Nelle sembianze del terren natìo

V'è un potere indicibil che raccende

Ogni ricordo, ogni desir più pio.

So che spiagge, quai siansi, inclite rende

Più d'un merto soave a chi vi nacque,

E bella è patria pur fra balze orrende;

Ma nessuna di grazia armonìa tacque,

O Saluzzo, in tue rocce e in tue colline,

E ne' tuoi campi e in tue purissim'acque.

Ogni spirto gentil che peregrine

A piè di queste nostre Alpi si sente

Letizïar da fantasie divine.

Sovra il tuo Carlo, e il dotto suo parente(3),

Che pii vergaron le memorie avite,

Spanda grazia immortal l'Onnipossente!

Dolce è saper che di non pigre vite

Progenie siamo, e qui tenzone e regno

Fu d'alme da amor patrio ingentilite.

Più d'un estero suol di canti degno

Porse a mie luci attonite dolcezza,

E alti pensieri mi parlò all'ingegno:

Ma tu mi parli al cor con tenerezza,

Qual madre che portommi in fra sue braccia

E sul cui sen dormito ho in fanciullezza.

Ben è ver che stampata ho breve traccia

Teco, o Saluzzo, e il dì ch'io ti lasciai

A noi già lontanissimo s'affaccia.

Pargoletto ancor m'era, e mi strappai

Non senza ambascia da tue dolci sponde,

E, diviso da te, più t'apprezzai.

Perocchè più la lontananza asconde

D'amata cosa i men leggiadri aspetti,

E più forte magìa sul bello infonde.

Felìce terra a me parea d'eletti

La terra di mio Padre, e mi parea

Altrove meno amanti essere i petti.

E mi sovvien ch'io mai non m'assidea

Sui ginocchi paterni così pago,

Come quando tuoi vanti ei mi dicea.

In me ingrandìasi ogni tua bella imago;

Del nome saluzzese io insuperbiva;

Di portarlo con laude io crescea vago.

E degl'illustri ingegni tuoi gioiva,

E numerarli mi piacea, pensando

Che in me d'onor tu non andresti priva.

Vennemi quel pensiero accompagnando

Oltre i giorni infantili, allor che trassi

Al di là delle care Alpi angosciando.

Nè t'obblïai, Saluzzo, allor che i passi

All'Itale contrade io riportava,

Benchè in tue mura il capo io non posassi.

Chè il bacio de' parenti m'aspettava

Nella città ch'è in Lombardia regina,

E colà con anelito io volava.

E colà vissi, e colsi la divina

Fronde al suon di quel plauso generoso,

Che premia, e inebbria, e suscita, e strascina.

Oh Saluzzo! al mio giubilo orgoglioso

Pe' coronati miei tragici versi,

Tua memoria aggiungea gaudio nascoso.

Oh quante volte allor che in me conversi

Fulser gli occhi indulgenti del Lombardo,

E spirti egregi ad onorarmi fersi,

Ridissi a me con palpito gagliardo

La saluzzese cuna, e mi ridissi

Che grata a me rivolto avresti il guardo!

E poi che in ogni Itala riva udissi

Mentovar la mia scena innamorata,

Ed ai mesti Aristarchi io sopravvissi,

L'aura vana, che fama era nomata,

Pareami gran tesor, ma vieppiù bello

Perchè a te gioia ne sarìa tornata.

Mie mille ardenti vanità un flagello

Orribile di Dio ratto deluse,

E negra carcer mi divenne ostello.

Non più sorriso d'immortali Muse!

Non più suono di plausi! e tutte vie

A crescente rinomo indi precluse!

Ma conforti reconditi alle mie

Tristezze pur il Ciel mescolar volle,

E il cor balzommi a rimembranze pie.

Del captivo l'afflitta alma s'estolle

A vita di pensier, che in qualche guisa

Il compensa di quanto uomo gli tolle.

E quella vita di pensier, divisa

Fra le non molte più dilette cose,

Ora è tormento ed ora imparadisa.

Io fra tai mura tetre e dolorose

Pregava, e amava, e sentìa desto il raggio

Del poëtar, che il cielo entro me pose.

Miei carmi erano amor, prece e coraggio;

E fra le brame ch'esprimeano, v'era

Ch'essi alla cuna mia fossero omaggio.

Io alla rozza, ma buona alma straniera

Del carcerier pingea miei patrii monti,

E allor sua faccia apparìa men severa.

E m'esultava il sen, quando con pronti

Impeti d'amistà quel torvo sgherro

Commosso si mostrava a' miei racconti.

Pace allo spirto suo, che in mezzo al ferro

Umanità serbava! A lui di certo

Debbo s'io vivo, e a' lidi miei m'atterro.

Morto o insanito io fora in quel deserto,

Se confortato non m'avesse un core

Nato di donna, e a caritade aperto.

Scevra quasi or mia vita è di dolore,

Ad Italia renduto e a' natii poggi,

Ov'alte m'attendean prove d'amore.

Benedetti color, che dolci appoggi

Mi fur nell'infortunio, e benedetti

Color, che mia letizia addoppian oggi!

E benedetta l'ora in che sedetti,

Saluzzo mia, di novo entro tue sale,

E strinsi a me concittadini petti!

Non vana mai su te protenda l'ale

Quell'Angiol, cui tuo scampo Iddio commise,

Sì che nobil sia cosa in te il mortale!

L'alme de' figli tuoi non sien divise

Da fraterna discordia, e mai le pene

Dell'infelice qui non sien derise!

Le città circondanti ergan serene

Lor pupille su te, siccome a suora

Ch'orme incolpate a lor dinanzi tiene.

E le lontane madri amin che nuora

Vergin ne venga di Saluzzo, e questa

Abbia figliuola reverente ognora;

E la straniera vergin, che fu chiesta

Da garzon saluzzese, in cor sorrida

Come a lampo di grazia manifesta!

Pera ogni spirto vil, se in te s'annida!

Vi regni indol pietosa ed elegante,

E magnanimo ardire, e amistà fida!

Mai non cessino in te fantasìe sante,

Che in dottrina gareggino, e sien luce

A chi del bello, a chi del vero è amante;

E del saver tra' figli tuoi sia duce

Non maligna arroganza, invereconda;

Ma quella fè che ad ogni bene induce;

Quella fede che agli uomini feconda

 Le mentali potenze, a lor dicendo,

Ch'uom non solo è dappiù di belva immonda,

Ma può farsi divin, virtù seguendo!

Ma dee farsi divino, o di viltate

L'involve eterno sentimento orrendo!

Tai son le preci che per te innalzate

Da me son oggi, e sempre, o suol nativo:

Breve soggiorno or fo in tue mura amate,

Ma, dovunque io m'aggiri, appo te vivo!

LA BENEFICENZA.

Esurivi enim, et dedistis mihi manducare.

(MATTH. 26, 35.)

Mentre tanti di nome e d'or potenti

Volgono a vanitate e nome ed oro,

Nè a taluni più bastano i contenti

Che sulla terra Iddio concede loro,

Mentre a meglio goder cercan furenti

La propria gioia nell'altrui disdoro,

Simili a falsi Dei d'età lontane

Che a' lor piedi volean vittime umane;

E mentre mirando

Que'ricchi malvagi

Il volgo fremente

Che invidia lor agi,

Esagera, infuria,

Invoca dal Ciel

Su tutti i felici

Sanguigno flagel;

Que' flagelli rattiene il ricco pio

Che riparar gli altrui misfatti agogna,

E oprando assai per gli uomini e per Dio,

Anco d'essere inutil si rampogna:

Degl'innocenti aiuta il buon desìo,

Gli erranti tragge a salutar vergogna;

Onora l'arti ed anima l'artiero,

E chiamar vorrìa tutti al bello, al vero.

Il volgo commosso

Ripensa, si calma,

Capisce che il ricco

Può aver nobil alma;

Insegna a'suoi figli,

Che pace e lavor

Del povero sono

Salute e decor.

Salve, o di carità sacra fiammella

Che accendi il cor del pio dovizioso!

Se a noi mortali fulgi or così bella,

Qual fulgi tu dell'anime allo Sposo?

A lui che, tutte mentre a sè le appella,

Le appella a mutuo affetto generoso!

A lui che quando cinse umano velo,

Ci palesò che tutto amore è il Cielo!

Amore santifica

Tesori e palagi,

Amore santifica

Tuguri e disagi;

Amor sulla terra

Può tutto abbellir,

L'impero, il servire,

La vita, il morir.

Amato molto, amato sia il Signore

Ch'è modello de' ricchi impietositi!

Amato molto, amato sia il Signore,

Modello ai cuori da sventura attriti!

Amato molto, amato sia il Signore

Che noi vuol tutti alla sua mensa uniti!

Amato molto, amato sia il Signore

Che per l'anime umane arde d'amore!

Oscuro o potente,

Di Dio tu sei figlio,

Fratello degli Angioli,

Ancor che in esiglio!

Gran fallo ci avvolse

Nel fango e nel duol:

Amiam! ci fia reso

Degli Angioli il vol!

LE SALE DI RICOVERO.

Qui susceperit unum parvulum talem

in nomine meo, me suscipit.

(MATTH. 18, 5.)

"Son pargoletto e povero e ammalato;

Abbi pietà di me, Gesù bambino,

Tu che sei Dio, ma in povertà sei nato!

Me qui lascia la mamma ogni mattino

Nel solingo tugurio, ed esce mesta

Il nostro a procacciar vitto meschino.

Ancella move a quella casa e questa,

Ed acqua attinge e lava e assai si stanca,

E vive appena, ed indigente resta.

Qui soletto io mi volgo a destra, a manca,

Senza dolcezza di parole amate,

E fame ho spesse volte, e il pan mi manca.

Le melanconich'ore prolungate

M'empion l'alma di pianto e di paure,

E mi sfogo in ismanie sconsolate.

Amor la madre assai mi porta, e pure

Quando al tugurio torna e pianger m'ode,

Spesso le voci sue prorompon dure;

Talor mi batte, e duolo indi mi rode,

Sì che allor quasi affetto io più non sento,

E in maligni pensieri il cor mi gode.

Povera madre! il viver nello stento

Estingue nel suo spirto ogni sorriso,

Ed anch'io più cruccioso ognor divento.

Gesù, prendimi teco in Paradiso,

O tempra la tristezza che m'irrita,

E rasserena di mia madre il viso:

Fa ch'ella trovi ad allevarmi aïta,

Fa che deserto io non mi strugga tanto

Fa che un po' d'allegrezza orni mia vita.

Se ad altri bimbi io respirassi accanto,

E non sempre gemessi, e qualche mano

Söavemente m'asciugasse il pianto,

Crescerei più benevolo e più sano

E più caro a la madre io mi vedrìa:

Lassa! altrimenti ella fu madre invano!

Ella al mio fianco in pace invecchierìa,

E per essa con gioia adoprerei

A laudevol sudor mia vigorìa.

Le poche forze ai patimenti rei

Soggiaceranno in breve, e, fuorchè pena,

Nulla i miei giorni avran fruttato a lei.

Ovver, se presto a morte non mi mena

Tanta miseria, crescerò doglioso,

Me coll'afflitta madre amando appena.

Ed ella pur mi dice che odïoso

Il povero alla terra e al ciel rimane,

Quando alle brame sue non dà riposo,

Quando coll'ira in cor mangia il suo pane.

Ed ecco del bimbo

La mamma ritorna:

È stanca, ma un raggio

Di gioia l'adorna;

S'asside a lui presso,

Lo stringe al suo sen,

"Oh quanto sinora

Mi dolse, o figliuolo,

Lasciarti ogni giorno

Sì tristo, sì solo!

T'allegra: celeste

Soccorso a noi vien.

"Nell'ore ch'ai figli

Non ponno dar cura

Le madri, cui preme

Fatica e sventura,

Da provvide menti

Ricovro s'aprì.

Alquanto risana,

E là tu verrai:

Son piene due sale

Di pargoli omai:

Giocando, imparando,

Vi passano il dì.

"Al santo pensiero

Che aprì quel ricetto,

Ministre si fanno

Con tenero affetto

Più vergini umìli,

Sacrate al Signor:

Null'altro che amarti,

Il sai, potev'io,

Ma quelle söavi

Ancelle di Dio

Più dolce, più giusto

Faranno il tuo cor.

"Io, conscia che al figlio

Non manca un'aïta,

Trarrò senza pianto

Mia povera vita,

L'usato lavoro

Stimando leggèr.

Al tetto materno

Verrai verso sera,

E sempre alzeremo

Concorde preghiera

Per l'alme pietose

Che asilo ti dier."

Quel fanciulletto già infermiccio e tristo,

Indi a non molto, in sì benigna scuola,

Rosee le guance e lieti i rai fu visto.

Oh d'amorose labbra la parola

Quanto a' cuori avviliti, e più a' bambini,

Addolcisce le doglie e li consola!

D'entrambo i sessi i pargoli tapini

Ivi sottratti vanno a rio squallore,

Ed a costumi stolidi e ferini.

Che invan vorria la madre o il genitore

Occhio assiduo tener sui cari pegni,

Qua e là faticando per lungh'ore.

Abbandonati a sè, crescere indegni

Veggionsi quindi d'assai plebe i figli,

Egre le membra ed egri più gl'ingegni.

Per cadute e per cento altri perigli

Vedi qual di storpiati e di languenti

Esce turba da' poveri covigli!

Quanti avrian le persone alte e ridenti

Ch'essi strascinan luride e contorte,

Perchè guaste d'infanzia agli elementi!

Oh benedetti voi che sulla sorte

Della schiatta plebea v'intenerite,

E pensate a scemarle e vizi e morte!

In voi sì belle le grandezze avite

Non son, quant'è il magnanimo disìo,

Onde a tanti innocenti asilo aprite.

Memori siete di quell'Uomo-Iddio

Che, cinto da drappel di bambinelli,

Li confortava col suo sguardo pio,

Ed imponea d'assomigliare a quelli.

E voi benedette,

Donzelle pietose,

Che al Dio de' bambini

Facendovi spose,

Di madri assumete

Le pene e l'amor.

Per voi dalla terra

Piacer non alligna:

Fors'anco taluno

Vi guarda e sogghigna,

Vi chiama delire

Da stolto fervor.

Ma voi non curanti

Di plauso o di scherno,

I poveri amando

Amate l'Eterno,

Ai bimbi servendo

Servite a Gesù.

Il mondo che ignora

Del core i misteri,

Non sa che più dolce

Di tutti i piaceri

È l'umil conflitto

D'arcana virtù.

La vergine sacra

Al Dio degl'infanti

Sublima sue pene

Con palpiti santi;

È abbietta ai mortali,

Ma l'anima ha in ciel.

Con Dio nella mente

Le cure più gravi,

Le cure più vili

Diventan söavi:

Bassezza non tange

Un'alma fedel.

La vergine sacra

Al Dio de' bambini

Vagheggia in Maria

Affetti divini,

Le impronte cercando

Di lei seguitar.

Non volgono ai bimbi

Tirannico ciglio

Color, che mirando

Maria col suo Figlio,

Li veggon dal cielo

Sui bimbi vegliar.

Ah! sì, benedette

Voi tutte, o bell'alme,

Che ai miseri infanti

Porgete le palme,

Di padri e di madri

Vestendo l'amor!

Pensier non vi preme

Di plauso o di scherno:

I poveri amando

Amate l'Eterno:

Ai bimbi servendo

Servite al Signor.

FINE.